HÉSIODE ÉDITIONS

THÉOPHILE GAUTIER

L'Oreiller d'une jeune fille

Hésiode éditions

22 rue Gabrielle Josserand - 93500 Pantin.
ISBN 978-2-38512-249-2
Dépôt légal : Mars 2024

Impression Books on Demand GmbH

In de Tarpen 42
22848 Norderstedt, Allemagne

L'Oreiller d'une jeune fille

Ninette était la plus charmante petite fille du monde. Elle surpassait en beauté, en transparence, ces délicieux enfants anglais des peintures de Joshua Reynolds et de sir Thomas Lawrence, dont la chair semble faite avec des roses pétries dans du lait ; si elle n'avait eu un joli tablier noir découpé à dents de loup, on l'eût prise pour un chérubin, mais on sait que les chérubins ne portent pas de tablier noir. Ses beaux yeux limpides, naïvement étonnés, abritaient, sous des franges de cils, un ciel plus azuré que l'autre, car il n'y passait jamais de nuage. Vous dire que sa mère en était folle, c'est chose inutile : une mère trouverait Quasimodo supportable, et Ninette, c'était Esméralda blonde, et qui n'avait pas été élevée chez les truands.

Cette jolie tête renfermait un charmant esprit, esprit de sept ans, bien entendu, et cette douce petite poitrine blanche un bon petit cœur palpitant au récit des belles actions, et s'attendrissant aux malheurs vrais ou imaginaires ; car, si Ninette aimait bien les poupées, elle aimait encore plus les histoires, et surtout les contes de fées, qui sont peut-être les seules histoires vraies.

Ce qui la frappait surtout, c'étaient ces beaux contes où l'on voit des fées accourir pour douer une princesse nouvellement née : les unes dans une noix traînée par des scarabées verts, les autres dans un carrosse d'écorce de potiron attelé de rats harnachés en toile d'araignée ; celle-ci en aérostat dans une bulle d'eau savonneuse avec une barbe de chardon pour nacelle, celle-là à cheval sur un rayon de clair de lune soigneusement fourbi. Ninette regrettait fort ce temps-là, et se demandait pourquoi les bonnes fées ne s'empressaient plus autour du berceau des petites filles, comme si elle n'eût pas été aussi richement douée que toutes les princesses des contes de Perrault et de madame d'Aulnoy ; mais Ninette était modeste, et ne savait pas que les fées n'auraient pas un grand cadeau à lui faire.

Un jour, Ninette, assise à côté de sa maman, sur un coussin de tapisserie brodé par elle-même, feuilletait un livre plein de ses histoires favorites ; bientôt elle poussa un soupir comme une colombe étouffée, et jeta le volume avec un geste d'humeur et d'impatience.

— Oh ! que je voudrais, moi aussi, avoir quelque talisman merveilleux comme le miroir magnifique ou la bague du prince Chéri, qui m'avertisse quand je fais bien ou mal ; de cette façon, je serais toujours gentille, et maman ne me gronderait jamais.

Il y avait ce jour-là, chez la mère de Ninette, une dame jeune encore, mais étrangère, et, quoique parfaitement belle, d'un aspect assez bizarre. Sa figure pâle, d'un ovale un peu long, était éclairée par deux yeux d'une fixité insupportable. D'étroits sourcils d'un noir bleuâtre, qui se rejoignaient presque, donnaient à sa physionomie quelque chose d'inquiétant et qui aurait été dur sans le demi-sourire qui jouait mélancoliquement sur ses lèvres d'un incarnat très-vif. Elle était vêtue d'une robe de satin noir, et portait pour tout ornement un collier et des bracelets de corail. Le contraste de ces deux couleurs éminemment cabalistiques contribuait encore à rendre plus frappant le caractère surnaturel de sa figure. Dans une époque de superstition, on l'eût prise aisément pour une nonne ou pour une walkyrie. Ses mouvements majestueux et lents commandaient le respect, et, en présence de cette beauté calme et triste, les esprits les plus sceptiques recevaient une impression involontaire. Aussi n'est-il pas étonnant que Ninette eût pour la dame étrangère une vénération mêlée de terreur.

— Mais il n'y a plus de fées aujourd'hui, dit Ninette en reprenant son livre.

— Qui vous fait croire cela ? dit la dame de sa voix au timbre grave et résonnant des notes cuivrées, en laissant tomber d'aplomb son regard magnétique sur la petite fille, qui tressaillit malgré elle.

— Il faut bien qu'il n'y en ait plus, puisqu'on n'en voit jamais ; et pourtant j'aurais bien désiré en rencontrer une, au risque d'avoir un peu peur ! Une bonne fée vêtue d'une robe toute semée d'étoiles, tenant une baguette d'or fin, qui m'aurait accordé le don que je lui aurais demandé.

— Chère enfant, c'est peut-être qu'aujourd'hui les fées se font habiller chez Palmyre, comme de simples femmes du monde ; quoique fée, on aime à suivre la mode ; les robes constellées, les ceintures cabalistiques, cela était bon autrefois, et la baguette, pour s'être déguisée en manche d'ombrelle, n'en est pas moins puissante.

Pendant qu'elle parlait ainsi, les prunelles de la dame semblaient s'illuminer d'un jour intérieur et lancer des éclairs, sa haute taille se redressait, et Ninette crut voir trembler autour de la mystérieuse amie de sa mère comme une espèce d'auréole.

Des visiteurs qui survinrent firent changer la conversation, et la dame au collier de corail, à la robe de satin noir, reprit un aspect ordinaire ; cependant la corde touchée en passant vibrait encore dans l'âme de Ninette ; le regard perçant de madame *** l'avait pénétrée ; elle ne pouvait s'empêcher de se dire tout bas :

— Si madame *** était une fée !

Quelques jours après, madame *** vint pour voir la mère de Ninette, qui était sortie.

Ninette, seule dans le salon, chiffonnait gaiement pour sa poupée, et lui taillait des jupons dans un vieux mouchoir de batiste que la femme de chambre lui avait abandonné. L'épaisseur du tapis avait étouffé le pas de madame ***, qui se trouva tout près de Ninette sans que cette dernière s'en aperçût, tout occupée qu'elle était de son travail. L'enfant poussa un léger cri lorsque, levant les yeux par hasard, elle vit la dame aux sourcils d'ébène debout devant elle.

— Est-ce que je vous fais peur, petite ? demanda la dame en ne se servant que des notes les plus veloutées de sa voix.

— Oh ! non, répondit Ninette d'un ton de voix peu rassuré.

— Vous vous figurez peut-être que je suis descendue du plafond, où je me tenais cachée dans le lustre ; que je suis sortie des vases du Jupon qui ornent la cheminée, ou que je viens de jaillir du plancher dans une flamme de Bengale ?

— Je ne crois pas cela ; mais j'étais si affairée à ma couture, que je ne vous ai ni vue ni entendue.

— J'ai le pas fort léger, en effet, dit madame *** avec un accent singulier ; quand j'étais à Java, dans mon pays natal, il y a des gens qui auraient juré m'avoir vue traverser un torrent sur un fil d'araignée.

À cette assertion étrange, Ninette releva son joli museau, moitié étonné, moitié crédule.

Madame *** vit qu'elle avait fait impression sur Ninette, et lui lança un regard si plein de puissance et de calme, que Ninette, subjuguée, abandonna le poupard bourré de son avec lequel elle s'essayait vainement à la maternité, et se tint à quelque distance, dans une attitude de fascination admirative.

— À Java, dans les forêts où brillent les prunelles jaunes de la panthère noire, où les fleurs ouvrent comme des urnes leurs calices énormes, où l'arbre upa jette son ombre qui donne la mort, où la vase est rayée par le ventre des serpents boas, pétrie par les pieds monstrueux de l'hippopotame ; où la chauve-souris vampire fouette de ses ailes velues l'air chargé de miasmes, je me promenais, seule, en chapeau de paille, en robe de mousseline, une baguette à la main.

— Une baguette ! vous êtes donc une fée ? Je l'avais toujours pensé, s'écria Ninette.

Madame *** ne fit aucun signe d'adhésion ; pourtant elle ne dit rien qui pût détromper l'enfant. Ninette, encouragée par son silence, lui demanda avec toute la naïveté de cet âge, où la foi est si facile, au milieu des premiers étonnements de la vie :

— Est-ce que vous pourriez me faire un don pour me rendre meilleure, comme je le vois dans les contes ?

— Je le peux, reprit gravement madame ***. Vous trouverez, en vous couchant, ce soir, sur le chevet de votre lit, un oreiller magique. Il répondra à vos questions ; mais ne le consultez que pour des choses importantes, et non dans un motif de vaine curiosité. Sans cela, il deviendrait bientôt muet. Si, dans la journée, vous avez fait quelque chose de répréhensible, il n'attendra pas que vous l'interrogiez, il prendra la parole de lui-même ; mais ne dites rien de ceci à personne, les fées aiment la discrétion, et qui ne sait pas garder un secret, n'est pas digne de leurs faveurs.

La mère de Ninette rentra, et la conversation en resta là.

Nous vous laissons à penser si la journée parut longue à la pauvre fille ; elle comptait les heures, les minutes ; ses petits pieds frémissaient d'impatience sur les bâtons de sa chaise ; elle répondait à peine à ce qu'on lui disait, ou bien elle répondait tout de travers. Elle crut que le soleil voulait passer la nuit ce jour-là. Enfin, neuf heures sonnèrent, et jamais Ninette n'avait trouvé le timbre plus clair, plus joyeux, plus argentin.

Elle monta dans sa chambre sans se faire prier, et, lorsque sa bonne se fut retirée, elle entr'ouvrit les rideaux de son lit d'une main tremblante d'émotion…

Ô prodige ! bien que personne ne fût entré dans la chambre de Ninette, l'oreiller magique se trouvait là, délicatement posé sur le traversin. Au reste, rien qu'à le voir, on comprenait que ce n'était pas un oreiller ordinaire. Pour le gonfler, l'eider de Norvège avait fourni son duvet le plus soyeux et le plus léger ; la Frise, sa toile la plus égale, la plus blanche, pour former la taie, entourée d'une précieuse dentelle de Malines large de deux doigts. Et puis avec cela, si l'on peut dire qu'un oreiller a une physionomie, celui-ci avait un air si candide, si calme, si pur, si bienveillant ; il ballonnait si parfaitement, il exhalait une si suave odeur de lessive et de poudre d'iris, qu'il eût donné à l'activité même l'envie d'y reposer sa tête.

Ninette, après avoir fait sa prière, se coucha, et enterra, non sans quelque appréhension, les roses de sa joue dans la neige de l'oreiller. Avec son petit bonnet garni d'une ruche de tulle, elle était, comme on dit, en style de loup, gentille… à croquer. Une ou deux boucles de cheveux blonds s'échappaient de dessous le béguin avec des ondulations et des luisants de soie grége. La chère enfant aurait bien voulu entrer tout de suite en conversation avec son talisman ; mais elle se souvint de la recommandation de madame ***, et elle eut la force de ne rien demander. Au bout de quelques minutes, comme elle allait s'endormir, un murmure presque insaisissable sortit de l'oreiller, et les phrases suivantes furent chuchotées à Ninette, mais si bas, si bas, qu'elle seule, s'il y eût eu d'autres personnes dans la chambre, aurait pu les entendre :

— Chère Ninette, comme vous avez été impatiente tantôt, et nerveuse, et préoccupée ! Vous avez dit plus de vingt fois en vous-même : « Je voudrais bien être à ce soir. » Le temps est à celui qui a fait l'éternité ; pourquoi vouloir hâter ou retarder sa marche ? Chaque heure vient à son tour, même celle qu'on attend. Si Dieu vous avait écoulée toutes les fois que vous avez désiré arriver à cette époque, votre vie eût été raccourcie de moitié : désirer l'avenir, c'est le plus sûr moyen de gâter le présent !

Ce conseil donné, l'oreiller se tut, et Ninette ne tarda pas à s'endormir. Elle fit les plus jolis rêves du monde ; il lui semblait être dans un paysage aux gazons de laine, aux arbres en chenille, aux maisons en bois de Spa, peuplé de poupées à ressorts si bien articulées, qu'on aurait cru leurs mouvements naturels ; puis le paysage s'envola, et Ninette fut transportée dans le royaume de Nacre de perle, dans un palanquin de fils de la Vierge porté par deux oiseaux-mouches en grande livrée ; enfin elle vit, assise sur un trône de diamant, une femme d'une beauté merveilleuse, qui tenait un petit enfant debout sur son genou ; l'enfant avait comme des marques dans les mains et une raie rouge au côté. Il regardait Ninette d'un air si amical et si doux, qu'il lui semblait retrouver le frère qu'elle n'avait jamais eu. La divine mère, laissant tomber son regard ineffable sur Ninette, lui dit :

— Si tu es bien sage, tu joueras éternellement dans le jardin du paradis avec mon fils, et tu auras des ménages d'or fin et de cristal de roche, des jeux de toute sorte, si bien peints, si bien vernis, que les enfants de rois n'en ont jamais eu de pareils ! Tu pourras les casser tous les jours sans qu'ils cessent d'être tout neufs et tout entiers.

Ces beaux rêves conduisirent agréablement Ninette jusqu'au réveil. Jamais elle ne fit mieux ses devoirs, n'étudia ses leçons avec plus de soin que ce jour-là. Jamais les points de sa couture ne furent plus égaux et plus nets ; car le travail des mains, tout humble qu'il est, ne doit point être méprisé par une jeune fille chrétienne, même quand elle est dans une position à n'en pas avoir besoin.

Nous ne rapporterons pas toutes les conversations de Ninette avec son oreiller, cela serait trop long ; nous en choisirons seulement quelques-unes.

Un jour, c'était l'hiver, il avait tombé beaucoup de neige pendant la nuit, tout le parc était enfariné : les arbres, emmaillotés d'une peluche blanche, avec leurs rameaux déliés et brillants, faisaient l'effet d'un immense ouvrage en filigrane d'argent. Le froid était vif, et les oiseaux, sautillant sur la neige, y marquaient de petites étoiles avec leurs pieds. Ninette, pour aller à l'église, s'enveloppa de sa palatine à bordure de cygne, mit ses mains dans son manchon, où se trouvaient déjà son livre de messe et son mouchoir, et fit le trajet sans s'apercevoir autrement de la rigueur de la saison que par le baiser un peu âcre de la bise sur sa joue.

À quelque distance de l'église, au coin d'une borne, sur quelques brins de paille qu'il avait ramassés, grelottait un enfant, à peine couvert de misérables haillons, dont les trous laissaient voir la chair nue. Il tenait dans une de ses mains ses pieds rouges de froid, pour tâcher de se réchauffer un peu ; il tendait l'autre, en tremblant, aux gens qui passaient.

Quand Ninette fut devant lui, il répéta sa prière d'un ton lamentable :

— Ma chère demoiselle, la charité, s'il vous plaît !

Ninette eut d'abord envie de s'arrêter ; mais il fallait retirer ses mains de son manchon, et, d'ailleurs, elle voulait arriver des premières à l'église ; elle répondit donc : « Je n'ai pas de monnaie, » et passa.

L'impression de pitié que lui avait causée la misère de l'enfant fut bientôt dissipée. L'objet n'était plus devant ses yeux, et c'est à cet âge-là surtout que le proverbe italien *lontano degli occhi, lontano del cuore*, est plein de vérité. Le spectacle du monde est si nouveau, si merveilleux pour une imagination de sept ans !

Le soir, Ninette se coucha, vaguement mécontente d'elle-même, bien qu'elle eût oublié la scène du matin ; elle eut de la peine à s'endormir, et se retourna vingt fois sur l'oreiller sans pouvoir en venir à bout. L'oreiller, ainsi tourmenté, prit la parole :

— Ninette, ce que vous avez fait ce matin est mal. Vous avez manqué de charité et vous avez dit un mensonge ; vous saviez bien, lorsque vous avez répondu : « Je n'ai pas de monnaie, » que, dans le coin de votre mouchoir, du côté de la marque, étaient nouées quatre pièces de cinq sous toutes neuves et toutes brillantes. Une seule de ces pièces eût peut-être sauvé la vie de ce pauvre enfant, qui n'a plus de père, hélas ! et plus de mère. Vous aviez peur de manquer le commencement de la messe ? Mais croyez-vous que le bon Dieu vous en aurait voulu ? Qui travaille, prie ; qui fait l'aumône, prie pour lui-même et pour la personne qu'il aime le mieux. D'ailleurs, ce n'était pas pour être exacte, à vos devoirs religieux que vous marchiez si vite, c'était pour être placée au premier rang, afin qu'on vît la palatine de satin bordée de cygne que votre bonne mère vous a donnée.

L'oreiller disait vrai, car la Javanaise aux sourcils d'ébène lui avait donné le pouvoir de lire couramment au fond des âmes. Ninette, confuse et repentante, s'endormit l'esprit troublé, le cœur gros, d'un sommeil agité et pénible comme celui des mauvaises consciences.

Elle fit des rêves affreux, lugubres. Il lui semblait voir le petit mendiant sur ses quatre brins de paille ; le ciel était tout noir et la neige descendait à flocons pressés ; la couche épaississait toujours sur le malheureux, qui finit par être presque entièrement recouvert. Ninette essayait de dégager le pauvre enfant ; elle jetait avec ses mains la neige à droite et à gauche, sans pouvoir y réussir ; elle-même commençait à s'enfoncer, et le lit glacial lui montait déjà jusqu'aux genoux. Enfin il passa une dame vêtue d'une tunique rose et d'un manteau bleu, qui releva l'enfant et plaça Ninette sur un terrain plus ferme. Le mendiant, secouant la neige attachée comme un duvet aux inégalités de ses haillons, parut tout rayonnant et tout illuminé ; des marques rouges étincelaient dans ses mains comme des flammes ; il jeta sur Ninette un regard plein de reproche et de tristesse, et lui dit :

— Tu ne veux donc pas venir jouer avec moi sur la prairie céleste, et courir dans l'éternité après les papillons qui ont des yeux de diamant sur les ailes ?

Le mendiant, à qui Ninette avait refusé sa pièce de cinq sous neuve, n'était autre que l'Enfant Jésus, qui avait voulu l'éprouver.

Cette leçon lui suffit, et jamais Ninette ne répondit à un pauvre : « Je n'ai pas de monnaie. » Eût-il neigé comme sur le mont Blanc, et plu comme le jour du déluge, elle se fût arrêtée pour chercher au fond de ses poches le sou demandé.

Aussi madame *** lui parlait-elle avec sa voix la plus caressante et lui réservait-elle son plus charmant sourire.

Une autre fois, l'oreiller donna une leçon profitable à Ninette. Le jour des prix approchait ; Ninette travaillait son piano avec tout le zèle imaginable ; elle recommençait vingt fois la même sonate jusqu'à ce qu'elle eût réussi à son gré ; elle se martyrisait les doigts comme si elle eût voulu s'essayer aux tours de force de Liszt ou de Dreyschock ; sa mère, sa maîtresse, tout le monde était enchanté d'elle : l'oreiller ne fut pas de cet avis.

— Sans doute, lui dit-il un soir à l'oreille, l'émulation est une belle chose, et la musique est un art divin ; mais est-ce bien l'amour du piano et le désir de bien remplir vos devoirs qui vous fait travailler depuis deux mois avec tant d'acharnement ? N'est-ce pas plutôt l'envie de faire de la peine à votre amie Lucy, qui, selon toute apparence, doit avoir le prix, et semble y compter ? En outre, je vous avertis d'une chose : vous ne jouez qu'avec vos doigts et votre volonté ; Lucy joue avec son âme, et, fussiez-vous cent fois plus habile, elle l'emportera sur vous. Ce qui vient du cœur y retourne.

Lucy partagea le prix avec Ninette.

Grâce à son conseiller de plumes et de toile de Hollande, Ninette devint la plus charmante jeune personne que puisse souhaiter l'amour d'une mère ; elle fit, une première communion exemplaire, et le corps de Dieu fut la nourriture d'un ange.

Quand elle fut tout à fait une jeune fille en âge d'être mariée, l'oreiller lui donna encore de bons conseils, qu'elle eut la sagesse de suivre.

Deux jeunes gens venaient dans la maison de sa mère : tous deux honorables sans doute, puisqu'ils y venaient, mais de caractères bien différents.

L'un spirituel, brillant, mais un peu vain, un peu superficiel, et peut-être plus occupé de sa toilette qu'il ne convient ; l'autre, plus modeste, s'effaçant le plus possible, mais plein de talent et d'une instruction solide.

Ninette préféra d'abord le premier ; cela est tout naturel, l'habit se voit avant le cœur, le gant avant la main ; mais une conversation qu'elle eut avec son oreiller lui fit changer de sentiment.

— Alfred est honnête sans doute ; mais, pendant qu'il court les bals, Eugène, à la lueur de la lampe, veille, étudie, médite, et se couche le matin l'esprit et le cœur pleins de bonnes pensées, tandis que l'autre rentre le corps harassé, l'âme vide ou occupée de fantaisies frivoles. Le patrimoine de l'un ne peut que diminuer, celui de l'autre augmentera toujours, et même, fut-il pauvre, il sera considéré ; car des mœurs pures, un travail opiniâtre joint à un heureux génie naturel, ne peuvent manquer de rendre un nom célèbre. Eugène n'aimera que vous au monde, et ses livres. Il n'a pas encore osé parler, mais je lis dans son cœur comme dans le vôtre.

Eugène était, en effet, celui que la mère de Ninette avait choisi pour mari à sa fille.

Le soir du mariage, la dame javanaise entra dans la chambre nuptiale, et, voyant le petit oreiller blanc encore à sa place, elle dit en souriant à Ninette :

— Vous m'avez crue plus sorcière que je ne l'étais, ma chère enfant ; l'oreiller que je vous ai donné est comme tous les autres oreillers, un sac de toile bourré de plumes ; il n'a jamais dit un mot. Vous avez pris sa voix pour la voix de votre conscience, qui se faisait entendre dans le recueillement de la nuit ; votre imagination, frappée, aidait à l'illusion. Vous avez cru entendre ce que vous disiez vous-même : cela ne vaut-il pas la bague du prince Chéri et tous les talismans possibles ? Maintenant, votre raison est formée, vous avez un mari qui répondra à toutes vos questions, qui éclairera tous vos doutes. Vous n'avez plus besoin de l'oreiller, mettez-le de côté, et gardez-le pour votre première fille.